素言

素言 著

陕西新华出版传媒集团

太白文艺出版社

寻觅古典诗品高贵精雅的美感

孙皓晖

你所打开的这部诗作，是一位女诗人的灵魂之作。

这部诗作是清新的，更是感人的。之所以如此，在于她的几个特殊方面，也就是诗人在艺术创作方面的个性化风格。个性，是任何艺术作品的生命力。正是她的个性化风格，成就了这部诗作感人至深的根基。

首先，这部诗作在结构上是独特的，是别的诗人作品集所没有体现过的。这种独特性，就是古典诗加现代散文诗的创造性结构。每首诗的正体，都是一首或五言或七言的精美的古典诗；其下，则必有或长或短的一段触景抒怀的说明文字，语言精到，极具美感，实在是常常超越正体的现代散文诗。尤其是那首《迷路之趣（走天子峪到唐王寨）》，其正体为长篇古风，流畅古朴，情意盎然；其后的迷路散记，更是情真意切，读来令人有身临其境的深山遇险感知。在古人的诗作中，题记性或附录性文字，多为极简的三五句话而已。诸多现代学人作家写古诗，也是少有附记，或者附记文字散漫寥寥，只作背景说明而已，绝无构成独立篇章之材质。如素言这般以散文诗附之，几乎有了"椟"胜于"珠"的感觉者，绝无仅有。中国有散文诗学会（作家界与出版界的一个团体），还有每隔几年的散文诗大赛。我以为，素言是有资质问鼎散文诗大赛的。

其次，这部诗作的每一首诗，都弥漫着一种浓郁的古典精神，即纯正的精雅美感。中国的诗风源远流长，其正源起于春秋战国的浓郁诗风。后来，这个时代的诗，被孔子精编为《诗经》，据其内涵境界，被分为三大类——"风""雅""颂"。"风"者，民众传唱的歌词，民俗之诗也。"风俗"一词的出现，以风领俗，谓之地域民生文化之特质，从此始也。"雅"者，登堂入室之诗作也，士人阶层之精神也，普通贵族之心声也。"颂"者，天子庙堂之颂歌也。如果说，在古典诗正源生成的时代，"风"是诗的根基，"雅"就是诗的灵魂，而"颂"则是诗域的时代权力符号。在历史大潮的发展中，符号不是本质，永存的本质，是诗的根基与灵魂——"风"与"雅"的精神。"风雅"

精神，是《诗经》境界的核心，她可以概括为一条原则——诗的审美基准，在于根基的现实性与灵魂的高贵性；一切邪狎低俗与腐朽沉沦，都是诗的精神所蔑视的，所不容的。诗无邪，此之谓也。后来，中国诗歌随着政治文明的变更，进入以屈原楚歌为根基的相对自由时期，形式不再严格，抒发情怀的方式变得相对多元化，离骚体的古风诗作，大大拓宽了诗的表意能力。曹操，成为经典的继承《诗经》精神与四言诗的最后一个高峰。再后来的唐宋时期，中国诗作进入多元化基础上的重新规范时代，出现了音韵要求严格的律诗、绝句体，以及长短不拘但形式要求特异的"词"的表现方式。从此，中国古典诗进入戴着镣铐起舞的颇具"凄美八股"意味的阶段。

　　但是，无论如何演变，中国古典诗风的"风

雅"精神绝没有消失。相反，作为一种立足现实而寻觅精神高远的追求，诗风的高贵精雅，一直是古典诗的最重要的审美根基。浏览传世古诗，可见悲凉，可见萧瑟，可见孤独，可见伤怀，唯难见境界低俗之作。正是这一审美原则的高贵性，方使中国古典诗作成为中国文明与民族精神最重要的根基之一。

素言的这些古典诗，无一首不表现出这种渗透着传统古典美感的高贵诗风——触景抒怀，高远而自在。既不矫揉，更无造作，一切皆自然生发。这种自然化的表意抒发，比那些强作宏大格局而无力天人合一的造作，更为亲切朴实，更能走进人的心灵。

再次，素言女士是一位女博士，学问之丰厚自不待言，其对古典诗的音韵平仄也颇为通晓。

虽不能说对那些"镣铐"的运用如何精到，但也是颇为到家了。受友人之托，我曾将素言的这部诗作推荐给一位古典诗词造诣很高的老朋友，他评点了其中许多首，总的评价是：作者通平仄音韵，但尚不精到。如此，我已经很惊讶了。通音韵，说明曾经狠下了一番功夫了；不精到，则是自然的，从某种意义上说，也是必须的。诗之本质，是抒情表意，诗言志，此之谓也。若一味考究音韵平仄（一点不考究也不行），则无意境之自然突破。《诗经》纵然以四言为本，也是有著名长句的。因此，我以为，对于现代人写古典诗，音韵平仄之技术要求，可以不那么严苛；对于有些特定之作，甚至可以忽略不计。当然，对于那些以戴着镣铐起舞为乐者，另当别论也。

古典诗之纯正精雅，是我们民族的精神高度

体现。

在这个意义上，我们希望素言女士这样的作品能更多地涌现。

2018年10月于海南积微坊城

目录

春　天·

·夏　天

·秋 天

冬 天 ·

春
·
┆
·
天

摄于秦岭终南山

远方有丘壑

前方景未明丘壑
路上还犹醉绿裳
恋此流光雕碧叶
思闻过岭满山芳

　　向往传说中的景，又被眼前的美羁绊；满眼青翠，又为远
方的花香诱惑。是因为世界的美好，还是心中的不舍？

2016-01-27

摄于江西婺源

细雨浓春

春涌黄花地　金柳拂垒梯
轻云流远谷　细雨裹黄鹂
点点随风绿　丝丝染矮篱
薄香隔露重　小叶透珠荑

春天的美好在花在草，更在雨。

细雨退去花草的焦热，使春天绵长而沉静，于悠悠中观云雾漫涌远山，看微风推草摇花，听珠落击石响琴，于温润中感受生命盎然迸发。

细雨使春天蓬勃而不焦躁、明艳而不妖冶，于浓墨重彩中尽显素雅。

2016-03-14

摄于天柱山

慢客行春

蓬蓬簇簇山花漫
片片丛丛嫩绿裁
野客停停行复远
化成妙笔补留白

　　早春寒重，山里不怕冷的花草闹了起来。远远看去，几个行人时走时停，于花草间时隐时现。化幻象为人间，天地、自然间便有了尘世的生动。

　　你走在山里看风景，看风景的人在山上看你。

　　此时此地，或某时某地，落在空白处，你，便成了景，景便有了魂。

2016-03-19

摄于汉长安城遗址

花开断墟上

花开青瑟瑟

籽满草萋萋

艳早惊萧索

英飘雅断墟

　　蒲公英随处可见，田间水旁路边花下，处处昭示它的存在，又处处被人无视。可是，当它在汉长安城遗址阔大的残垣断壁间聚集成万亩飘绒扯絮时，你的目光能不被它牵引吗？这时，孤树依然成景，却是缀于花间的一抹淡绿，隐约可见，若有若无，似有还无，可有可无……

2016-04-14

摄于秦岭

蒲公英

散落花中难觅影

繁开草野不觉踪

若集万盏于一地

愧紫羞红始展容

开于草丛，让春绿雅雅地动人心；盛于花间，会成为浓艳中淡淡的背景；随风而行，多半会引你去看花红落、夏将至。

年复一年，静静地开，悄悄地落，不耀目，不夺心，任他人来与人往，管他花艳与花凋。

只是依风漫山野，开落自随心。

2016-04-14

摄于秦岭

悄然春已顾

柔枝斜径处

冷意未竭逐

偶有芳英落

方知春已舒

春枝渐柔，嫩绿漫染，尽在无声无形。

密枝遮径，暖光难进，偶有风送落花，扑面乱景，始知有花不惧春寒，于料峭中寻暖意而开，在你对春的期待中悄然而过。

2016-04-16

摄于重庆万州

结庐花影下

草木初桠嫩
光斜小径深
结庐花影下
偶见修行人

终南隐士多，但散居在山里，难得一见，偶尔有缘遇上，顿觉灵气逼人，果然脱离俗世便能成仙。只是这仙气来自何处却不得而知。也许是有仙气的人才会进山；也许在山里不理俗事，人也就脱了俗；更也许这山中自有仙气，度给了有缘人……

人借着山的灵气脱了俗，山依着人的慧根有了魂。

2016-04-17

摄于新疆

飞红自安然

飞红随雨下　落地染春泥
盛艳孤然隐　喧嚣蕴底栖
谁悲花杳褪　不解语中机
愿化香一缕　无绝绕大虚

春花易凋，随水飘零，随风流浪，自古引人多少愁绪，多少泪水，即使陆游"香如故"的呐喊，也透着苦冈与无奈。

其实认真想来，无非是人在伤春罢了。花开花谢，花盛花残，伤的是人，愁的是心。

你为花开欢欣，她也许并不情愿耗尽芳华博你一笑；你为花落感伤，她也许正翘首待回归；你叹深谷花开无人赏，她也许正怡然于明月清风……

你喜与不喜、悲与不悲，赏与不赏、观与不观，她都有自己的轨迹；风也罢雨也罢，霜也罢雪也罢，皆安然若素。

悲风愁雨，伤怀感时，那是你的心境，与她无关。

2016-04-28

摄于秦岭

远　谷

远谷花独艳
繁街草木喧
星明清朗月
雾厚远鸣泉

　　闲花野草被大树遮着，被阔叶挡着，饮不了第一滴露珠，照不到第一缕阳光，起不了风，拨不了云。

　　这不染尘世的花，清清雅雅地绽开，安安静静地飘落。也许偶尔会被闲人欣赏，更多的却是自开自谢自逍遥。

　　这样最好，何必去做那秀于林的木，艳于丛的花，高于山的峰。

　　被人仰望久了，不知道抬头的乐趣；被人追从惯了，不知道跟随的惬意。

　　山中的云可成雨成雪成冰，可入地入溪入泉，高低皆坦然，冷暖均超然。远离一切与地位高低有关的词汇，无俗念，无欲求，任意洒脱，奔放自由。

　　最重要的，还可观那木、那花、那峰，天地宇宙间还有什么不能了然呢？

2016-05-13

摄于青海湖

浅云流石径

竹横石径翠

花密草形微

云浅流疏影

山遥挽落晖

　　花草为笔，云山为墨，在天地间泼洒出阔大宏伟却也幽妙精微的图景。

　　翠浓染石径，绿得化不开、抹不匀，斑斑驳驳、深深浅浅，光影慢移，随心随意；花繁淡春草，艳花中，春草渐远渐淡，入远山，融轻云；云过疏影铺翠径，径动翠摇，惹青竹轻吟，鲜花漫舞；更有远山回映落晖，给苍翠以温暖。人落其间，入景入画，却不如远观，风轻云淡中，看花、看草、看山、看云、看落日。

2016-05-25

摄于秦岭

花开尘世外

林密光疏影
清风伴鸟鸣
豁然繁锦地
不忍踏花行

山里野花满沟满谷，开得肆意奔放。本为越岭穿山，却不忍踏足，怕一伸手、一触碰会玷污这隔离尘世的烂漫。

可远观而不可亵玩，稀世之美也。

2016-06-06

摄于陕西安康

茶　思

走涧穿溪集妙露

温瓯暖鼎慰茶思

遥闻素月拨清调

最喜旋杯对饮时

　　月下对饮，可酒可茶。酒至酣处，不知其味；茶到醉时，愈解其香。酒伴着喧嚣后的孤独，茶随着清雅后的沉静。酒让人露本性醉妄言，茶让人趋深思吐妙语。

　　饮茶讲究精细，不同茶室，配各式茶，配各式杯，再配各式水；当然，还有各式人。想想看，哪一样不是千差万别？演绎出的千变万化早已胜过人生百味。

　　品茶，即是品人生，把酸甜苦辣融入茶中，沉淀成智慧，你，便成了茶。

2016-07-25

摄于关山牧场

流光易景

花枝斜径隐

时易景难存

欲赏经年叶

新条覆旧痕

　　山在那里，不动；树在那里，无移。但花开有谢日，枝荣有枯时。走进深山，找找旧时走过的路，寻寻往日看过的景，却是光来移山，云去幻影，记忆中的图景真真只在记忆中了。

　　他年呢？谁知道。

2016-12-07

摄于重庆万州

落英根自知

花开深谷无人咏
英落缤纷根自知
孤树斜阳残雪里
也曾秋果满枝时

　　过密林，走肠径，偶见独花怒放，于荒野尤显明艳。惊喜之余不免感叹，他时秋果累硕，可有人品赏？偶遇，是我们的幸运，还是这花的幸运？

2016-12-25

摄于秦岭

春山望云

山中云数片
越岭卷清风
忽没春归雁
双叠共影鸣

春天是热闹的，花有声，风有影，雨含翠，柳烟中都有雀儿穿过。满世的繁华中，你可曾仰仰头，抬抬眼，望望天？数片云悠悠，怡然飘过，这满城满村、满江满河、满山满谷的喧哗，也随淡随轻了。

2017-04-02

摄于陕西安康

茶山轻雨后

雾自茶山起
烟从远谷生
闲吟竹影下
笑论风雨晴

雨后茶园，小叶芊芊，携云挽雾，漫移于茶垄碧枝间。远处池荷殷殷，遥送微香袅袅。一杯淡酒，裹着青竹悠长，随心随意，随风雨随斜阳。

2017-05-06

摄于秦岭

素 枝

素枝不与花争艳
纤影疏疏气自闲
曲径悠长无尽意
翻山越岭又重峦

路旁鲜花夺人眼目，素草雅枝静立不语。

从来多叹花艳早衰，少见为草枯而悲。见草衰，悲的是秋，是季节的轮回；见花败，叹的是花，是美的易逝。只是花开易凋零，花繁艳无绝。悲也好，叹也罢；有开时，有败日。莫如素枝无艳亦无哀，气定神闲，雅然不语，看花开花落，春去春来，亦如这悠长的小径，无尽头，无终点。

2017-05-19

摄于江西婺源

古树春迟

群芳争艳早
我自晚来青
不和迎春曲
独吟落絮行

春花争艳，春草竞绿，泅得流云都似乎泼了水彩，淌在山间田野。一抹抹、一簇簇、一片片，涌动着，升腾着，泼洒着。天地共印，云水同染，无处不飞花，无水不淌绿。

偏这塬上古树春意迟迟，叶无痕，芽无迹，依旧冷冬模样，遗世而独立，临风而舒启，置繁花于清浅，揽绿雾于阑珊，待到落英缤纷，始吐翠摇红，于浓绿中尽显蓬勃之豪气。

2018-03-25

摄于新安江

春天不告别

夜去娇红隐
晨来小杏初
薄荫闻笑处
把耒话禾菽

夕阳悄隐，落红扑地，繁艳绚丽于天空；晚风微漾，春波慢摇，喧闹归寂于青野。

一夜间，盖地的浓郁喷薄而发，把嫩绿染成薄荫，把和煦化成浓烈；

一夜间，花去了，果来了；

一夜间，天空换了颜色，农人换了工具；

一夜间，春天走了。

春来，没有预约，却是知道，她终究会来；春走，没有告别，却是知道，她终归会走。

当然，她还会来……

2019-04-26

夏·天

摄于新疆

雨山幻影

雨歇山色潋

雾去嶂叠迁

蜃景出云海

飘摇落世间

　　山景多彩易变，早晚不同，阴晴有异。尤其雨后，云翻雾转，如棱镜折影，容万千气象于一体，瞬形瞬景，瞬聚瞬散。不老青山且如此，何况人生？

2015-11-15

摄于重庆万州

乾　坤

滴水融千界
随风化渺烟
蓦然回首处
乾坤在眼前

　　细雨登山，时有间无，云飘雾移，草翠山朦。停歇处，看
滴珠盈盈，里面飘忽着花草树木重峦叠嶂，微风有动，扑簌簌
洒落，碎在枝上叶上花上果上，大珠变小珠又变大珠……终是
归于泥土，寂然无踪。

2016-05-03

摄于陕西蓝田

麦田晚照

霞泼浩宇层峦染
霭入金田晚照暄
孤树崖边承悬日
翠山暮里拢轻烟

从来没分清楚日出日落在景色上有什么不同。

日出是从黎明前的黑暗到刹那间的灿烂，迎来生动又热闹的白天；日落是从暖暖的午后到凉凉的傍晚，瞬间的辉煌后是寂静漫长的夜。

但看日出观日落，盼的都是暖天暖地的刹那，无论升起与降落，无论白天与黑夜，之后都会归于平淡。

只是日出而作，一天的忙碌中，愉悦很快被其他情绪替代，消失无踪。

日落而息，用来消磨的大把时间中，余霞会一直笼罩着、包围着、感染着你，难断难消，在悠长的回味中衍生种种心绪，划破黑夜，直抵星河。

2016-06-11

摄于青海

旷原青霞涌

草碧青霞涌
云叠影自重
牛羊悠散远
没入旷原中

草原的云层层叠叠、垂目压顶，云草相接处没了天空，隐了星月。云就在手边，扯来即可当被，人在其中，悠悠然，淡淡然。情思开合间，已成神成仙，于豪迈率真中入天入地入无涯。

而山则不同，山高云愈远，天净星尤高，与星河隔山隔水，似闻其声却难触其影，于是眨眨眼，挥挥手，神交于悠远，相融于辽阔，于浩瀚中互动互通，于空灵旷达中入星入河入宇宙。

2016-08-02

摄于青海湖

飞鸟破清湖

浅影流清面

云篱断海天

偶然飞鸟过

划破半湖蓝

云过青山，投下深深浅浅、大大小小的浮影，给山峰丛岭树木以动感，人在高山有乘风破云之感。

水上的云则是把自己投下，不流不动，清清楚楚地映着，安安静静地看着，如同忘掉今生找到往世，分不清哪儿是天，哪儿是海，哪儿是倒影。那样清晰，又那样迷离……

2016-08-06

摄于重庆万州

林中竹舍

四野山无尽

竹屋倚密林

流云穿径过

霞隐落窗寻

诗在乡野，画在山村。风花雪月，树木山石，农人把锄，牧童吹笛，无不入诗入画。

使其入画的是路人，只有路人，看到的是构图之美、颜色之美，是自然与人的和谐互动之美；看不到的，是农人的劳作之苦、疲惫之态、生活重压下的窘迫。

以旁观者的眼光来看，居山野农舍可闻风听雨观星揽月，无杂事缠身，无俗事之扰，更无烦事乱心，早已脱离俗世，远离凡尘。

可真正住在这里的人，有超然的幸福吗？

2016-10-08

摄于秦岭

终南雨歇

潇潇雨断终南畔
紫霭青岚掠嶂峦
云邈不知何处去
直疑梦里落凡间

  最爱终南雨后，云雾肆意奔涌，于群峰间洒脱而行。立于山顶，浮在云端，雾随风转，风随云行，邈邈不知何处。妙的，正是这不知何处。韩愈迷茫，会悲叹"云横秦岭家何在"；而我，只有随风转落随处安的淡然和疑是梦中落凡间的悠然。

2016-12-08

摄于西藏

蓦然松林晚

松针深几许
过客了无痕
晚照林倏动
归巢鸟逸尘

漫踏松针，无痕无迹，却是有韵有律。

微风掠过，松涛阵阵，伴着沙沙脚步声，随光摇影动，拨弦点键。

自然之声，空灵随性，融入人心，盈溢着温情，暖暖地流淌在山河丛林间。

2017-05-30

摄于秦岭

驭霞越岭

奇峰陡转林风骤

卷翠推涛四野移

越岭骑舟云蓦断

孤空万里霞为楫

登顶临风，闲坐磐石，品茶饮酒，观奇峰云涛，听林鸣霞吟。把心放飞于天，把情交付于地，心无羁绊，情有归宿，人生何求？

2017-05-31

摄于新疆

临风揽流云

骤雨初歇泉肆涌
遮石隐径浪叠生
临风漫揽流云处
万水归川旷野平

　　山脚仰看云雾缥缈，山腰踏径云缠雾绕，山顶俯观云起云消。千沟万壑俱在脚下，万千溪流汇入江河。登顶临风揽云处，平流入江无波澜。

2017-06-13

摄于秦岭

临风推盏

俯首观云涌
峰移百壑生
临风推盏处
碧落荡茶清

　　闲坐山巅，垂首看薄烟漫洒，淡扫浓翠，飞云乱渡，横断碧峰；岭隐云过处，尽现风起时，沟壑如曲径穿峰，梁脊似飞龙跃天。

　　任你风起云涌，我自波澜不惊。此时此地，此情此景，青石为桌，淡茶悠然。杯中落了碧天，坦荡清雅，除尘世之微末，蔽山野之杂香，只一口，便离山离水离云端，向着浩宇飘然而去。

2017-06-22

摄于秦岭

孤峰挽斜阳

斜阳欲坠峰轻挽

散彩泼空宇亦斓

莫道黄昏多落寂

闲歌放步晓河间

斜阳流坠，波霞溢彩，暖暖地融化人心。天地间的辉煌在此一瞬，天归于你，地归于你，镶入灵魂，融入骨血，绵延永恒。

当灿烂归于沉寂，亦会满天星斗，那是另一种壮丽，摒弃了人世间的喧嚣，无言地热闹着，哪里有孤寂哀伤？李商隐得"意不适"到什么程度，才会发出"只是近黄昏"的感慨？

2017-11-10

摄于新疆

空山落霞

落日逐霞去
清晖近远峰
空山回静语
落鸟和林声

黄昏，逐落日登山，一步一光影，一程一侧峰，枝干林梢镶了温柔的边，熠熠在暖空下，沉静地热闹着。山，不再硬朗；林，不再单调；归巢的鸟无声地缀在林梢，如五线谱的音符，任人奏出各自钟爱的乐曲。

天空、大地、群山、森林和你，谁装点着谁？谁感动着谁？

夸父追日的心情不得而知，我却被壮丽所惑，一步一步，随着光和热，翻过一山又一山，到天尽头，不离这泼天洒地的柔情，不弃这灌山扑林的温暖，最终放在心底，满满的……

2018-02-27

摄于秦岭

山行图

鸟绘长林曲
溪吟浅谷图
闲花观雾起
碎影戏青竹

　　山鸟过林，拂枝穿叶，如音符跃于山野，急缓随意，升落洒脱，与溪鸣相和，与云雾交映，散碎的光影轻摇慢移，奏出完美和声。

　　无风亦有曲，无雨亦有歌。

　　登高捕乐，垂手挽云，山啸林鸣溪吟皆在眼中心中。

2018-02-28

摄于重庆万州

满径芳

独行林雨下

饮露叶盈香

万碧随风落

泼出满径芳

　　风景如热恋中的情人，愿与赏她之人独处，无论相貌、年龄、贫富，只求静心品味之人。山的寂寥，风的自吟，水的独行，月的空灵，喧闹中会隐去、会错过。

　　结伴而行，心便有了旁骛，即便是轻语，也会扰了她，一时、一地，她只与一人交融。

　　独处景中，会感受到一树、一枝、一叶、一花，感受到她的生命，体味到她情感的释放。干的静谧给闲情之人，枝的拥抱给潦倒之人，叶的俏皮给快乐之人，花的妩媚给优雅之人，又把全部给了飘逸洒脱之人。

　　风过径，绿漫枝，云嬉山，水弄石……独处时，你便成风、成云、成水、成山、成石……而景，因你而鲜活、而灵动。

2018-08-17

秋

天

摄于秦岭

秋意闹深谷

落叶凌空闹

幽潭少寂寥

飘零不恋木

逐水任逍遥

　　花闹春意，是寒寂萧索后的顽皮，一瓣一瓣、一朵一朵、一树一树，以轻盈空灵之姿，拨动着冰冻过的大地。

　　叶舞清秋，是勃发繁盛后的浓烈，一簇又一簇、一谷又一谷、一山又一山，以饱满跃动之彩，泼染着酷暑后的绿山翠水，却是过了界，泼到了天空，又映到潭底。于是霞在山中，叶在空中，云在水中。

　　而你，大概在梦中，随风飘，随水摇……

2015-10-21

摄于秦岭

秋日晚霞

枝黄秋欲尽

霞起日难留

却有含情处

无言意自幽

深秋傍晚雨后，蓦然天晴，云霞铺天盖地，映着满目的黄叶，无言无尽的暖意流淌在天地间。

秋留不住，霞留不住，夕阳留不住，但心底的暖意不离左右，相伴终生。

2015-11-04

摄于秦岭

迷路之趣

（走天子峪到唐王寨）

传说唐王寨　　孤峰入云霭　　众峪皆可往　　景在诸山外
缘溪寻探路　　水穷悬壁出　　攀石复登高　　独磐俯沟谷
沟深谷且狭　　径斜垂壁崖　　幸有藤蔓覆　　卧俯止跌滑
翻山越登临　　山路何处尽　　路尽仰天叹　　绕梁采药痕
隐径通山寨　　碧石傲仙台　　古树翠叶漫　　天上一蓬莱
梦中有此境　　欲做云中翁　　临风花枝下　　缥缈呼觅声
蓦然湿气来　　云重风阴冷　　滴雨击层叶　　犹如山鼓訇
急寻林中径　　羊肠忽隐明　　梢上系红带　　始知路可行
循声逐友去　　隔岭归途中　　水尽粮亦绝　　不知路几程
雨歇地湿滑　　杖探固脚凹　　步虚跌痕长　　匍地碎枝桠
偶有微洼里　　错落倚树憩　　互询伤可重　　笑对身满泥
攀梯随云起　　穿林涛声急　　间或溪水声　　终近山人居
草深没庭院　　墙旧生苔藓　　呛饮含沙水　　跌坐滑石碥
暮重雨催归　　林轻易相随　　遥见焦望影　　即见即折回
农家备温水　　杯杯沁心肺　　饮粥复食饼　　口口识甘味

不言险中行　唯谢天遂愿　两散两重聚　似有缘契牵
遥想年暮时　把酒话当年　傲数历险记　必有此关山

　　爬山中，各有各的乐趣，不必言说，也不可言说，但迷路的乐趣却不得不说。多年后最值得回味的，恐怕还是迷路那点事。

　　爬山而不迷路，相当于走自家后山，散步而已，体会不到大自然的美妙神奇，也领略不到大自然的可敬可畏。迷路是必修课，此生一定要在山中，而且是大山、深山中至少迷路一次，方能不负骨子里的冒险基因。虽然，我们每次迷路都是在无意、无奈中发生，找到归路后却是兴奋至极，仿佛完成一次壮举，有种脱胎换骨的感觉。

　　二〇一六年六月四号，我们前往天子峪，上午九点半出发，计划一点钟回来，带了少许零食和水，欢天喜地地出发了。路遇农妇，寒暄后随口问道："前面有什么好看的景？"农妇自豪地说："唐王寨，李世民屯兵的地方，来回四个钟头。"每次进山，都会遇到农人，但这样自豪的表情却从未见过，于是，我们相信，那确实是个好地方。秦岭不缺历史，田间瓦片说不定都有来历，也不乏有历史故事的自然景观。但在深山中，李世民屯兵的地方，还是不能放过，况且只要四个小时，对于两个小时算热身，三个小时算起步的我们来说，没有负担。只是没人留心，这其实是一条我们之中没人走过的路线。

我们一路走得异常艰难，坡高路陡，天气闷热，体力下降得很快，但四个小时就能看李世民屯兵的山寨，怎么算都不亏。于是我们沿着时有时无的采药路，奔往唐王寨。

像往常一样，走得慢的在后面，走得快的一路前行，不太停歇，但通常会在岔路口等候，或留下记号，以免后面的人落得太远走错路。但这次由于路太难走，先行者们认为女人们早已知难而退，有绅士精神的男人们必也一同返回，于是，本着到根据地会合的精神，一路狂奔。他们都是强驴，放开了走，我等是望尘莫及。

这次，我们真正分成了两队，前队坚信我们已撤，我们坚信前队会等。第一次，爬山以来第一次，我们失联了。

四个小时后，别说寨子，连块砖都没有，碰到两个从唐王寨返回的人，说是快到了。在这一信息的鼓舞下，我们又奋勇前进，只是这个奋勇中有不少狼狈。好在大家互协互助、互拉互帮，虽是实实在在的摔倒，却都完好无损。尤其是我，差点跌下巨石，好在有人眼明手快救我一命。

攀岩石，过窄岭，穿丛林，经过几次摔跌之后，我们终于到了唐王寨。刚松口气，又面临一个可怕的问题：找不到回去的路。已经是下午三点钟，翻山越岭五个半小时后发现，根本找不到回去的路。如果原路返回，再走五个半小时，天就黑了，况且六个小时也未必够用，只能放弃。另外，我们已断水断粮，虽说带的东西足够三个小时消耗，但已经走了这么久，又是高强度行走，真可谓汗如雨下，但那水变的汗，却不能再变回水。渴呀。

还有，前面的队友在哪儿呢？

这时，天公也不作美，居然下起了小雨，我承认我喜欢雨，尤其是小雨，可那是在家喝茶看书听音乐时，或院里亭下喝酒打牌聊天时。在无立锥之平地的山上，在不知回家的路在何方的山上，那是炮火，是枪林，是弹雨，而不是怡人的小雨。

饥渴下，伴着雷声和湿湿的雨气，我们动用了最原始的武器：喊、喊、喊。喊前面的队友，老驴识途，只有找到他们，才能找到回家的路。

现代科技给我们带来无限的便利，但那需要现代化设施配套，在深山老林中手机没信号，什么能救命？答案是：嗓子！！！

声嘶力竭的呐喊奏效了，我们的队友竟然听到并且给了回应，这无异于佛祖显灵，给我们带来无限的光明。事后，他们很嗫嚅地说，你们喊的不是名字，而是：救命！救命！救命！实际上，他们说出了我们的心声。

艰难时刻尽显革命友谊，前队的三个人，两个原地等候，一个回来接我们。看到最强驴靠在巨石上狼狈不堪，我们认为，不是我们体力不支、能力不够，实在是路太长太难走。

回家的路找到了，可回家的路有多长，没人确切知道，一切行动在强驴的指挥下，翻了一座山又一座山，越过一道岭又一道岭，在听了几十次再过两个弯就到的话后，强驴说："我真不知道再拿什么来忽悠你们。"他，估计快绝望了。我们，快崩溃了。

幸运的是，雨没下大，吓唬我们一番后，带着云彩，走了。

但并不因为雨没下，我们身上的跌痕就少，看看这场景，好一幅好汉狼狈图：有擦伤抹药的，有忍痛不语的；有丢手套的，有丢毛巾的，有丢水壶的；还有躺在路上不想起来，或起不来的……

事后才知道，我们的脚边是万丈深渊，只是长满树木看不见而已，那无落脚之地的陡峭小路，那全靠登山杖才勉强通过的小路，旁边居然是万丈深渊，不寒而栗呀。

在不知翻过多少座山，越过多少道岭，寻野果充饥，摘野杏解渴之后，我们来到一片杨树林。顺树林而下，听到了水声，循着水声，看到了农家荒废的小院。

　　首先找到了水龙头，居然有水，即使浑浊不堪，也是好水。流了不到一秒钟，有人迫不及待对准水龙头如牛饮般灌了起来。

　　这时才发现，有两个人不在，又一想，应该是到了农家，也就没在意。喝足了水，再次出发。围着小院转了两圈后，否定了一条疑似小路，认准了另一方向的另一条路，准备下山。有人心细，向旁边走了几步，叫了几声，居然有人应了，是我们的人，他们没下山，是走错路了。但只闻其声，不见其人。嗓子又发挥了巨大作用，循声而去，看见红色的衣服在远处，循着红色，很快会合。

　　下次爬山一定穿红色，关键时刻能救命。

　　会合后，强驴走到了被我们否定的路上，刚才我们走的是一条农民的生产路，又差点走上山去。

　　下午六点半，踏上阳光大道，迷路到此结束。

　　这次用九个半小时，走了二十三公里，爬高两百三十多层楼，对"伪"驴友来说，不容易啦。

　　但这次迷路的故事，却是要讲下去的，什么时候停止？等有了下次更深的迷路。

　　实际情况是，更深的迷路已经发生了。在同年秋天，历时十二个半小时，用手机照明，夜里十点半下山看到人烟，那真的是更精彩的故事……

2016-07-05

摄于重庆万州

秋湖染霞

秋云杳落秋湖浅
木叶轻摇点俏崖
恰是凉风逐夏处
留得余翠染孤霞

　　天清旷，云剔透，映于湖水，便有了低头可见的天空。崖上枝叶轻摇入水，微动一湖宁静，油画般浓浓秋色尽现水中。

　　湖边璀璨斑斓，翠未尽、黄渐满、红初现，随风纷扰，入水成霞。

　　霞，不只在天空，一池浅浅的水，亦可有感天动地的灿烂。

2016-09-04

摄于陕西安康

无月中秋

无月中秋冷

云移透渺星

摇灯竹影里

把酒乱花行

　　虽然每逢十五月必圆，但城市灯光璀璨、掩月光于无形，使人脱离自然而无感，忘记天上有一轮明月照亮着黑夜。

　　唯有中秋节，最不诗意的人也要抬抬头、看看天，若无明月则唏嘘不已，仿佛一年中只有这一天她才会出现。

　　的确，平时哪儿有嫦娥桂花酒？哪儿有无天就无地、无月就无节的惆怅？哪儿有融天入髓、镶月入骨的感应？

　　平时尽管随清风淡远好了，但这一天，她承载着千年万年，浓浓洒向大地，抬眼望去，仿佛看到自己的前世，既沉重又清远，裹挟着不绝的情感，回荡在夜空，浸染着世间万物。

2016-09-15

摄于秦岭

秋雨图

稀雨清秋冷远山
涂霞抹翠染叠泉
隔梁犬吠孤墟里
踏径农人挽晓岚

    清秋细雨，看彩林盈珠，流翠卷霞，宛在世外。偶有犬吠远村墟，人语幽径处，天外的清雅便落入凡尘。

2016-09-25

摄于秦岭

落木摇径

秋风秋雨凉秋岳
树杪横枝垒树泉
落木随峰摇径起
直插霄宇入云端

　　秋天的雨似吸取了果实的精华，浓浓的，重重的，层层叠在枝叶上，又呼啦啦淌落，缠绵而潇洒。

　　积满落叶的小径，随山形时缓时陡，或入沟谷，听溪鸣观雨幽，或登顶峰，伴清风入云端。

2016-10-24

摄于秦岭

闲坐秋林间

柔枝曼舞西风浅

遒干流曦木亦暄

落碧拂琴吟岁律

秋潺慢挑和星弦

秋日静坐林间，品天地间热闹后的沉寂。

秋的静谧，是经历了冬的清寂、春的生机、夏的火热，才沉淀、凝练出的雄浑与深厚，是容万物于无形的淡然，是临波澜而不惊的从容。

秋风凋叶，或是变色不落地，或是落地不成泥，待到飞雪扑地，给寒寂的冷山撒上一抹绚丽。

仰望天空，纯净澄明的蓝会让人忘记世间还有其他颜色，深邃遥远又置身其中。

这一刻宇宙间万物隐去，你，成了唯一的星。

而这唯一的星落入群山，无影亦无形。

2016-10-29

摄于秦岭

登高览群峰

木摆枝零秋韵重
拨枝觅径径还穷
登高遍览群峰色
霜染层林岭落虹

从来不认为秋与凄凉有联系。

雨打梧桐，是寺庙的钟声，清远绵长，如细雨中山畔的薄雾、袅袅缭绕；萧萧落木，是叶的狂欢，随风飘旋如彩练当空，熠熠在热烈的阳光下。

是的，热烈的阳光，喷薄着，能触到、听到、闻到，甚至能尝到，裹挟着浓浓的秋味，撞击着感官，更撞击着灵魂。

秋是丰富的、强烈的，凄凉的绝不是秋。

2016-11-05

摄于秦岭

彩叶待冰雪

霜红渐染青微残
轻语摇枝落叶纷
只敢噙声林彩下
欲留层叶待冰裙

    喜欢秋对夏的浸染，把绿的蓬勃渐转成五彩的浓烈，把夏的单调弥漫为浓重的丰厚。

    只是，嫌厚重不足，她急于回归大地，不待秋风疾驰，叶便纷纷飘落，偏不让你看见雪覆彩叶叶更绚、寒侵秋枝枝愈暄的梦幻之境。

2016-11-13

摄于秦岭

中秋又无月

中秋月未明
借焰豁辽空
问景云天外
心清我自鸿

　　又是一个无月中秋节，少了些意趣。这看似浓重的云雾，不远亦不厚，几束光过去便如穿冰融雪，带给你一个辽阔幽远的苍穹。云雾易遮目，清光难自生。如能常拂尘清垢，那不染俗念的天空何时不在心中呢？

2018-09-25

冬

天

摄于秦岭

登高欲穷目

山移残雪隐
雾走岭丛生
登高欲穷目
层峦复又行

　　雾掩群峰，雪遮万物，天地浑然，苍茫纯净。没了界限，也就没了尽头，一山走完又一山，一岭穿过又一岭，前看后看，左看右看，山的尽头是天，天的尽头是山。天地相合处，闭了视线，却闭不了重重关。

　　当然，雪会化，雾易散，天地，终有界。

2015-12-28

摄于秦岭

雪中觅踪

冷浸冬泉滞
足弹雪韵生
行踪无觅处
枝桠兀自横

　　雪中行走山涧，溪水隔冰而鸣，幽深遥邈，如隔空吹笛，若有若无，茫茫如在影画之中。

　　这样的画面传递给人的通常是悲壮之感，但身处其中，却深觉浩瀚而又沉静。

　　那溪、那雪、那脚步，静中有动，发出的是自然之声，无须借助乐器来表现。那山、那树、那枝、那径，是实实在在的物，大景、小景，远景、中景、前景，处处皆有心仪的画面，由着你的眼睛自由剪裁。

　　这一刻，山不动、枝不摇、雪微飘、人缓行，不闻鸟鸣、不见兽迹，琉璃世界中，天地展开画卷任你游。

　　你，融入其中，天地赋予你灵魂，而你，让这天地灵动。

2016-01-31

摄于秦岭

雪逐秋未尽

早雪寒秋岭

红枝隐寂林

天白山渐远

谷素地犹淳

秋未尽，叶未落，重雪压枝又扑簌簌落下，落在红叶上，于茫茫中镌刻出若有若无的浓烈。只是这浓烈藏于铺天盖地的素白之下，难被发现，更不易感受。

隐万物于无形，方知是天地间的存在，强烈而生动。

2016-11-22

摄于秦岭

寒山客

阴山新雪逢旧雪
涧底冰泉石上咽
木杖独依孤客冷
影渐苍渺踪渐绝

寒冬行走深山谷涧，山外阴冷雾浓，山里雪大风急，尽管结伴而行，却是渐行渐远离，仿若天地间只此一人，不由得生出山寒雪重客独行的苍凉感。

2017-01-02

摄于重庆万州

修行在山野

木杪鸣佛曲

独僧绕重关

修行何处去

素舍掩层峦

　　山中闲游，常遇修行人，或清冷或平易，常有问候之语，接下来还会问，诸如从哪儿来，住了几年？信什么教，修什么功？还会不会再去别的地方？等等。似乎每个人都有故事在身，诱惑人想去攀谈，但，只是想想而已。毕竟不同于常人的生活方式会引起许多联想，被赋予许多想象的特征，也许他们只是选择了自己喜欢的生活方式。况且，即使有故事，有什么必要向外人道呢？

2017-01-03

摄于秦岭

穿冰踏雪

琼干疏零叶
不觉众壑叠
穿冰踏雪过
复又冷石阶

　　雪中登山，犹入幻境，一层一层山峦渐遥渐隐，平铺如惜墨的山水画。

　　枝干疏离，重雪下尤显灵韵，于寒天素地间弹奏着冬曲。

　　山无杂物，人无杂念，行走其间，纯粹而自然。

2017-01-08

摄于秦岭

相 随

初啼隔千里
缘识在佳期
万重山水过
亦趋不相离

　　爬山时，男人们心无旁骛，虽不是沉默前行，却也是步速胜语速。女人们琐碎淘气，边走边说边笑边停，不觉已分成两队。天上云浓，地下雪重，苍茫间几行脚印渐行渐远，女人们眼中便无他物，意趣盎然地寻找着自家男人的足迹，或依样而行，或间隔跨跃……我则在某人脚印旁踏了一踏，留下了一双脚印照。

　　从年少相随到如今二十六载，从北京到西京，没有辜负这千山万水，似水流年。

　　行在抱龙峪山顶，轻雾，不觉有多美，随手一拍，却是远山如黛，层峦缥缈，如若这双足印能踏遍这万重叠嶂，完美也。

2017-02-01

摄于涠洲岛

镜里山水声

脚踏春秋了无痕
镜收风雪自有声
目中流霞染长水
卷里飞云渡远峰

　　看过的景并不一定都是星星，时时在生活中洒点亮光；走过的路也未必都留有印痕，长长地串起你的人生。它也许无形无踪地散落在未知处，在某个特定时刻、特定场合，突然涌出，汇聚成滔滔江水，凝集成峨峨群山，幻化成风云霞露，似曾熟悉，又似陌生。把鲜丽明艳的美好统成篇、集成册，偶尔翻翻，淡然中体味经历过的种种，这样的生活，当然不平淡。

2017-02-26

摄于秦岭

雪中柿

素冷逐秋尽

寻踪绕远村

行人无隐处

踏雪终留痕

红泥火炉煮酒，要有狂风、有暴雪才有韵味。红艳艳的柿子，要在白格生生的雪地上，蓝格莹莹的天空下，才有情致。秦岭中柿子虽多，但要重雪覆山才夺目抓胃。

几户人家的小村寨，素白的屋顶上疏落着柿枝，零散的柿子彰示着自己的存在。村外缀满树的柿子甚是耀眼，引得串串脚印逶迤而至。

别担心，雪化后痕迹会全消，留下的是冰柿的甘甜。

2017-12-20

秦岭——中国人的乡愁

素 言

　　秦岭，遥观，是神秘梦幻之地，近游，是灵魂栖息之所，走入其间，有自然的荡涤与震撼，也有历史的沉静与温暖，生长于斯的人们浸润在他的气息与神韵中，承载着他的基因，深植于此，又漫溢无边，将周秦汉唐的气韵融于江河、汇入清风，使流云漾古意，星河淌相思，和合南北、泽被天下的秦岭便成为中国人的乡愁。这乡愁绵长悠远，挽着风，伴着雨，随处播撒，蓬勃萌发，在离与归中将四方融合，在谈与笑中将古今贯通。远与近，已无度尺能言，走与回，已无罗盘能辨，面对秦岭，离乡亦是归乡。

　　秦岭，大美而不言，我等纵有千思万情哪敢诉诸笔端？况前人文字已是成箩成筐连山排海，没有写尽之景难以描述，没有抒完之情更难言表，何苦班门弄斧？只是山与人早已融为一体，流云飞雨般的情感抑制不住，也无须抑制，任其蓬蓬勃勃地萌发生长，走一处、停一处、留一处，集一处，又随风而行。

　　日从东西，路朝南北，哪里分得清是离乡还是归乡，只是这途中的春夏秋冬、山水云霞可成图、成诗，谓之"素言"话山水，"素雨"润乡愁。

2020年12月7日

作者素言，经济学博士，先后于西北大学、北京大学、美国斯坦福大学学习、访问，现就职于长安大学经济与管理学院。闲来野足，穿林过水，走街串巷，偶有所悟，遂成小文。

图书在版编目（CIP）数据

素言 / 素言著. -- 西安：太白文艺出版社，
2021.1

ISBN 978-7-5513-1858-7

Ⅰ.①素… Ⅱ.①素… Ⅲ.①诗集－中国－当代
Ⅳ.①I227

中国版本图书馆CIP数据核字(2020)第181476号

素言
SU YAN

作　者	素　言	
摄　影	素　言	
责任编辑	申亚妮　张婧晗	
版式设计	侯梅梅	
出版发行	陕西新华出版传媒集团	
	太白文艺出版社	
经　销	新华书店	
印　刷	西安市金雅迪彩色印刷有限公司	
开　本	787mm×1092mm　1/32	
字　数	50千字	
印　张	4.5	
版　次	2021年1月第1版	
印　次	2021年1月第1次印刷	
书　号	ISBN 978-7-5513-1858-7	
定　价	68.00元	

联系电话：029-81206800
出版社地址：西安市曲江新区登高路1388号（邮编：710061）
营销中心电话：029-87277748　029-87217872